Fliegende Teile Von mir

Gedichte
zwischen Sehnsucht und Alltag
Martina R. Flemming

Inhaltsverzeichnis

Ich geh mal nach der Wäsche gucken

Verliebt sein — was ist das?
Leben aus dem Bauch
Ich kann es
Und du kannst es auch
Lebensfreude
Ist für uns erfunden
Sie ist Rezept
Auch für schwere Stunden
Lass' dein Tief ruhig zu
Verliebt sein hebt dich auf
Im Nu
Nicht nur in Detlef Martin und Stefan
Verlieb' dich in dich
Klingt es noch so profan
Diese Liebe kannst du weiter geben
An alle die dir begegnen im Leben.

Tastende Liebe

Geheimnis

Mein Herz
Singt ein Zukunftslied
Von Liebe mit dir.

Aber das verrate ich dir nicht,
Denn:
Liebe hat so etwas Fesselndes und
Welcher Mensch
Will schon gern gefesselt sein.

Am Morgen

Der Bäcker lächelt mich freundlich an
Was ist das doch für ein netter Mann
Er wünscht mir stets einen schönen Tag
Das ist es warum ich ihn so mag
Die Brötchen sind sicher mit Freude gemacht
Er hat bestimmt vor sich hin gelacht
So stelle ich mir den Bäcker vor
Bei seiner Arbeit vorm Ofenrohr.

Aus der Erden Krume

Frühlingsgefühle

Die Ranken meines Empfindens
Suchen die Triebe deiner Seele
Wollen sich mit ihnen am
Baum des Lebens empor tasten.

Was ich mit dir teilen möchte

Liebe und Leidenschaft
Schmerz und Kummer
Freunde und Schwierigkeiten
Reisen und Spaziergänge
Toben und still beieinander sitzen
Nur nicht eine Wohnung
Aus Angst vor der
Gewöhnung.

Silvester

Heiße Küsse
Statt Böllerknallen
Harmonisches Tanzen
Statt Stehen und Starren
Hände wie prickelnde Perlen
Streicheln wie Sommerwind
Blicke wie funkelndes Kerzenlicht
Worte wie warmer Regen
Bunte Blitze im Bauch
Statt am Himmel
Trunken vom verliebt sein
Statt vom Getränk
Überschäumen vor Glück
Statt vom Sekt.
Wie viel mal schöner war es
Mittelpunkt eines Feuerwerks zu sein
Statt nur Zuschauer!

Die Sonne — Lady Frida Harris
Bearbeitung M. R. Flemming

Sonnenfreundschaft

Was ist das?
Hell und warm ist es.
Was kann man damit anfangen?
Sich räkeln
Sich sonnen
Am liebsten nackt
Ohne Verkleidung
Augen schließen
Ohne Angst
Hinter geschlossenen Lidern
Bunte Punkte tanzen lassen
Dich tanzen lassen.

Woher bekommt man so was?
Du triffst sie in dem Augenblick
In welchem du ein Stück
Aus deiner Selbstzufriedenheit
In die Sonne legst um den unreinen Schnee
Deiner weißen Weste schmelzen zu lassen.
Der Mensch der stehen bleibt
Und dir hilft das abgetaute Stück
-schillernd und bunt oder matt und düster-
Als ein Stück von dir neu anzunehmen
Das ist dein
Sonnenfreund.

Austausch

Geist Körper Seele

Eine neue Erfahrung war das was ich suchte
Was sich mir bot war ein Rahmen.
Ein Rahmen für meine Liebe
Meine kleine unsichere Liebe
Die um ihr Recht rang mit
Meinem ambivalenten Geist
Ein Rahmen der meine Liebe sichtbar macht
Und sie mit seiner Schönheit umschließt

Eine neue Erfahrung war das, was ich suchte
Was sich mir bot, war ein Leuchtturm
Ein Leuchtturm für meinen Geist
Meinen unruhigen hin– und hergerissenen Geist
Der Leuchtturm zeigte ihm sein Signal
Ein Stück Heimat
Wo er einen Teil seiner eigenen Gedanken
Wieder fand

Eine neue Erfahrung war das, was ich suchte
Was sich mir bot war eine Höhle
Eine Höhle die mein Begehren
Mein sehnsüchtiges heißes Begehren
Schürte und verschlang
Meine Seufzer und meine Lust
Um ein Vielfaches widerhallen ließ

Hin zu dir treibt mich die Sehnsucht

Ahnungen & Wünsche

Ich spüre deine Möglichkeiten
Ich ahne deine Unsicherheiten

Mit dir sprechen lernen
Mit dir liebevollen Umgang lernen
Mit dir Annehmen und Geben lernen
Mit dir erfahren, was es bedeutet
Sich zu öffnen
Das will ich

Ich möchte
Nähe spüren
Nahe kommen
Dir nahe sein

Ise

Wohnen mit Frau
Meine erste Erfahrung
War eine glatte Nicht—Bewahrung
Aller schnöden Vorurteile
Und das in dieser kurzen Weile

Ihr Wesen war für mich Fröhlichkeit
Immer zu einem Pläuschchen bereit
Ihre Worte waren voll Sinn und Verstand
Keinen Weg ließ sie verlaufen im Sand
Sie baute ihn aus, schlüpfte überall durch
Obgleich sie sicher nicht glatt wie ein Lurch
Ihren Vorteil packen will
Zuwider war ihr jeder Drill

Ihr Lesbisch—Sein war Begleiterscheinung
Na und - jeder hat seine eigene Meinung
Egal wen wir lieben ob Mann oder Frau
Die Schöpfung bleibt doch der Überbau
Ise geht bald ... ich finde es schade
Übrigens aß sie gern Schokolade

Liebe Julia

Auch du bist ein Kind
Der Liebe
Die Liebe war groß und schön
Als das Schicksal
Dich auf den Weg
In unser Leben geschickt hat
Zu uns
Deinen Eltern
Vor Freude auf deine Ankunft
Floß die Liebe zwischen uns so leicht
Wir erfreuten einander
mit hellen Sternen
Die Einer dem Anderen schenkte
Dieses Dasein erreichte seinen Höhepunkt
Als du geboren wurdest
In weiche Wellen
Das Meer des Alltags überrollte uns
Ihm entstiegen unsere Schattenseiten
Die an uns klebten
Das hohe Lied der Liebe
Taumelte langsam zu Boden

Du, das Kind der Liebe
Bist geblieben
Und die Liebe
Eines jeden von uns
Lebt in dir und mit dir
Weiter

Mein Kind der Sterne

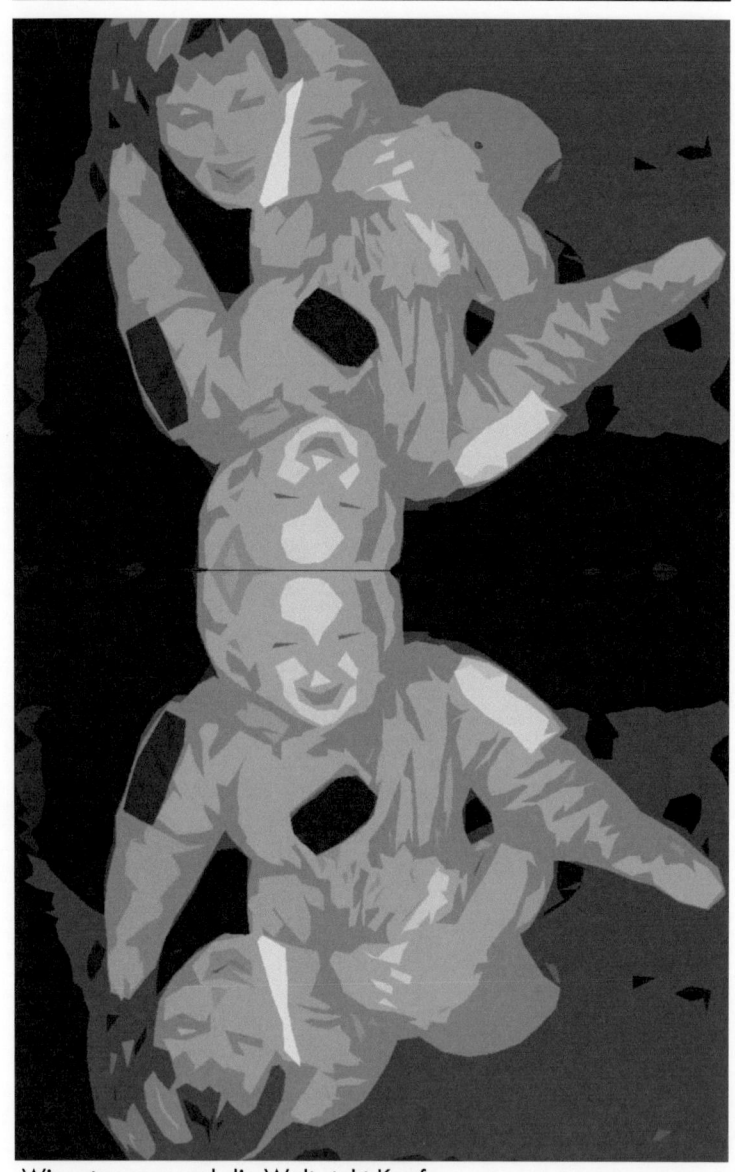

Wir unterwegs und die Welt steht Kopf

Ich—Wir—Es

Ich bin ein Mensch
Ich bin auch wir
Denn meine Tochter
Gehört zu mir
Wir müssen nicht alleine bleiben
Denn wir lieben buntes Treiben

Hey du
Gesellst du dich dazu?
Wir sind in Fahrt
Und können es bringen
„es" das ist vor allen Dingen
Freude am Vorwärtsschreiten
Wir berühren alle Seiten
Jeder von uns hat andere Sicht
Aber den Willen nimmt es uns nicht
Gemeinsam etwas zu schaffen -
Sicher gibt es auch Waffen
Die wirken sehr kühl
Wir lassen es sacken
Und finden zurück zum Wohlgefühl

Wir werden mehr
Ich freue mich
Und trotzdem
Bleibe ich immer noch ich

Scheinbar Licht

Am Abend

Kerzenlicht am Schreibtisch
Eine Zigarette rauchen
Ich hol mir einen Wein
Was mach' ich jetzt?
Es gibt so Vieles zu tun...

Ach, ich schreib's einfach auf
Dann ist es vom Tisch

Kasse machen

Hab keine Angst vor mir
Ich will dich nicht einkassieren
Denn Kasseneinnahmen werden
Zur Bank gebracht
Da würdest du dann liegen
Unantastbar

Das ist eine Schreckensvision ohne Zukunft.
Antasten möchte ich dich schon.
Zukunft mit dir
Wünsch ich mir schon

Zupacken und Festklammern
Ist jedoch nicht vorgesehen

Liebe tropft in einsame Stunden

Befreiung

Die Wut
Wo bleibt sie?
Sie ist im
Zähen Kampf
Von Körper und Seele
Stecken geblieben

Die Tränen mit dem Salz des Lebens
Wo bleiben sie?
Ungeweint sind sie von der
Inneren Hölle
Verzehrt worden

Die Freude
Wo versteckt sie sich?
Sie lauert im Herzen
Und wartet darauf,
Dass Wut und Tränen
Ihr den Weg bahnen,
Um ungetrübt
Herauszustolzieren

Fotografie M. Neuhold
Bearbeitung M. R. Flemming

Jahrsabschluss

Ein Feuerwerk der Erinnerungen
An das Jahr mit der grauen Einsamkeit
Der roten Wut
Der grünen Entwicklung
Mit der silbernen Freude
Dem gelben Schmerz
Den durchsichtigen Scherben
Mit dem violetten Vorwärtsschreiten
Dem blauen Verständnis
Der purpurnen Liebe und
Mit der orangen Anstrengung

All' dieses in den Wind geschossen
Fällt zurück zur Erde
Und verteilt sich neu

Mit welcher Farbkomposition
wird mich das neue Jahr
Überraschen?

Ursprung

Ich wurde gegossen
In die Form der Vorstellung
Wie ein Wesen der Liebe
Sein könnte
Doch das Gussmaterial
Hat sich ausgedehnt
Will über die Form hinaus
Der Meister meint
Das Werk ist nicht gelungen
Die Konturen sind unklar
Wo wird das hin führen?

Der Guss hat sich
Eigene Wege gesucht
Und auch für diese Gestalt
Gibt es Bewunderer
Die beim Anschauen
Klarheit sehen
Weil sie die vorgefertigte Form
Nicht kennen

Die Form ist dem Meister
Dankbar
Ihm gilt die
Ursprüngliche Liebe
Denn er hat ihr dieses Dasein
Ermöglicht
Offen bleibt der Wunsch
Dass der Meister sein Werk
auch schön finden möge
Und nicht versucht
Hier und dort eine Ecke
Ab zu feilen

Abschlussball

Unsere Freundschaft war schön wie
Ein langsamer Walzer
Vertrauensvoll bewegten wir uns
zur Musik der Jahre
Ohne eine gewisse Distanz
Außer acht zu lassen

Von einem innern Drang getrieben
Übernahm ich kurz entschlossen
Die Führung und tanzte mit dir
Zu den Türen des Ballsaals hinaus

Die Distanz wollte ich im Saal lassen
Um dir das zu geben,
Was mich gedrängt hatte.
Du nahmst es—
Mir zu Liebe

Dafür danke ich dir
Und für das Sträußchen dass du mir
Bei der Aufforderung zum Tanz überreichtest
Der Duft, der ihm lange Zeit entströmte
Hat mir die Kraft gegeben
Worte zu finden für das
Was ich denke und fühle

Die Festung

Deine unruhigen Augen stachen mich
Rissen mein Ruhekissen auf
Die Federn schwebten wild umher
setzten sich streichelnd auf deine Hand

Meine verstaubte unsichere Stimme
Traf deine Erfahrungen
Der Staub wirbelte auf
Mein Ausdruck wurde klarer

Unter den Federn und dem Staub
Begann mein Herz lauter zu klopfen
Wurde frei, offenbarte sich dir

Klopfte gegen die Mauer deiner Festung
Brach durch
Seitdem stehen wir beieinander
am Durchbruch deiner Festung
Du darin ich davor

Ich will deine Festung nicht zerstören
Sie würde dich ungewollt begraben
Wenn du bereit bist sie der Natur zu überlassen
Können wir gemeinsam davon gehen

Ölspur

Du
Ich sehe deine Augen Funken sprühen
Die rechts und links
In deinen Lachfältchen kleben bleiben
Um dort
Schauerlich schön zu glitzern

Du
Ich höre deine Stimme Worte raunen
Seltsam kehlig
Und doch zart schweben sie aus deinem Mund
Um sich pfeilgerade
In mein Ohr zu setzen

Du
Ich spüre deine Finger mich sanft berühren
Mit Druck mein Gesicht
in Position bringend
Um dir nicht ausweichen
Zu können

Du
Wenn du mich immer wieder spüren lässt
dass du diese zwei Seiten hast
Will ich mich
Unserer Sache hingeben

Du
Wenn dir diese Schönheit
Jetzt runter geht wie Öl
Musst du den Schmierfilm
Auch noch mitnehmen:
Sei ehrlich und begrenze mich nicht

Engel in Teufelsgestalt

Bogen überspannt

Ich hatte meinem Bogen überspannt
Die Sehne
Die Körper und Gefühl verband
War gerissen
So dachte ich die Möglichkeit
Meine körperliche Erfüllung
Zu holen

Aber du hast es nicht zu gelassen
Du hast auf den Grund meiner Seele
Geschaut
Und die Enden der Sehne
Zusammen geknotet

Jetzt erinnert mich dieser Knoten
Schmerzhaft daran
Dass ich uns die Nähe nicht gegönnt habe
Die ich mir so wünsche

Magnetismus

Ich schwebe davon
Und finde mich wieder
Neben dir
Aufmerksam lausche ich
Flechte meinen Blick
In deine Worte
In ihre Schwingungen
Frage dich etwas
Sehe die Antwort
Reiße mich los aus dem Zopf
Von Schwingungen und Worten
Gehe drei Meter weiter
Etwas trifft mich
Ich schaue hoch —
Schwingungen und Worte
Schier endlos
Drehen und wenden wir uns
Und treffen wieder aufeinander.
Wie wird es sein?
Je großer die Entfernung
Desto heftiger der Aufprall?
Je mehr Funken stieben
Desto heißer die Begegnung?
Oder wird es so sein,
Dass die Funken
Keinen Zunder finden?

Hoffnung — Liebe schaut hindurch

Zähe Masse

Was ist das
Was die Tage so
Entsetzlich
Zäh und lang macht?

Gähnende Leere in uns
Lähmende Aspekte
Um uns

Zuviel Energie
Verbrauchen wir dafür
Diese Tatsache
Zu Verdrängen

Nehmen wird doch diese Energie
Und werden kreativ.
Unser Ausdruck
Kann die Welt bewegen

Die Klettertour

Ich springe in des Lebens Tiefen
Will eigentlich Höhen ersteigen
Ich treffe alle die auch wegliefen
Und nicht zur Verantwortung neigen

Nun will ich beginnen den mühsamen Auf-
stieg
Meine Kondition ist noch schwach
Verliere an Höhe bei jedem Hieb
Die Achtsamkeit hält mich wach.

Ducken und zur Seite springen
Und wieder ein bischen klettern
Zur Konzentration muss ich mich zwingen
Nicht zu rutschen auf matschigen Blättern

Daneben gegangen

Hoppla
Daneben gegangen!
Wie das aussieht -
Da liegt es platt
Neben meinem Lebenssammeltopf.

Was mach' ich jetzt damit?
Hat eigentlich eine ganz hübsche Form
Liegenlassen?

Ach nee
Dann kriegt es jemand anders
unter den Schuh
und kann doch nichts damit anfangen.

Schnell mit dem Löffel sorgfältig abkratzen...
...und schwupps
In den Lebenssammeltopf damit
Mal sehen
Ob es sich noch einrühren lässt

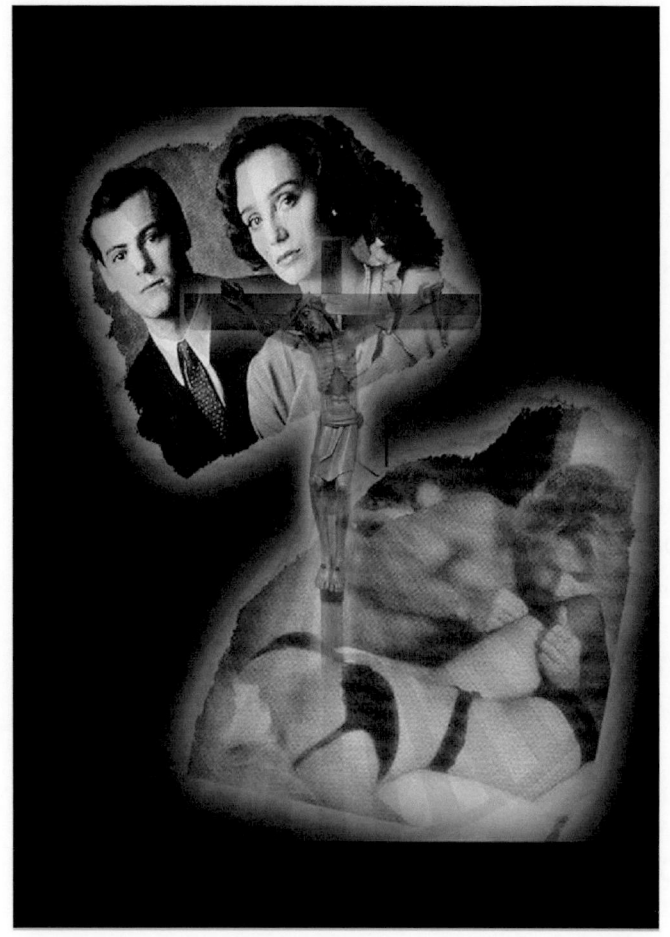

Moral

Die Leine

Immer wieder soviel Angst alleine zu bleiben
Weil ich jemanden brauche
Und wenn ich jemanden brauche

Nie war die Angst so groß wie mit dir
Du hast mich an der längsten Leine geführt
Und sie aufs Kürzeste zurück zurren lassen
So dass ich am Halsband des Versprechens
In der Luft hing
Keine Luft mehr bekam
Und fast verrückt wurde

Moral

Moral ist die graue Decke
Die wir über unsere Bedürfnisse breiten
Wir sind gut erzogen:
„Deck' dich schön zu."
Was denn?

Löcher in der Decke
Von Heißen Wünschen hinein gebrannt?
Naja, breiten wir eine Asbestdecke darüber.
Doppelt hält besser.
Nun sieht keiner mehr wie's brodelt bei Meiers
Dank der Doppelmoral.

Verlangen, Sehnsucht stillen
So'n Quatsch.
Wir haben's doch schön warm unter den De-
cken.

„Klaus, hast du's gehört den Knall?
Als ob etwas explodiert ist!"

Aktuelle Meldungen—Aktuelle Meldungen—
Akt....
„Hintertupfingen: Im Gesellschaftsweg 7a gab
es eine Explosion. Über die endgültige Schwere
des Schadens liegen keine Ergebnisse vor. Bisher
lässt sich nur sagen, dass Wünsche und Verlangen von Kindern und Jugendlichen der Explosion
zum Opfer gefallen sind."
„Klaus wer wird denn in Zukunft eine bessere
Welt verlangen?"

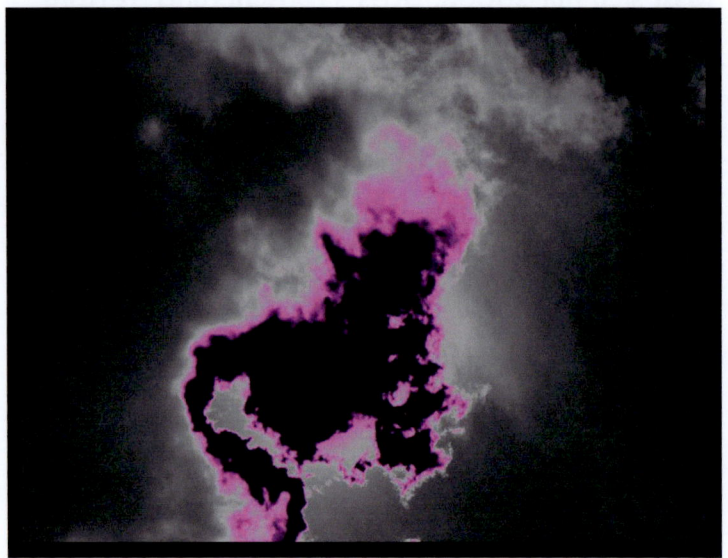

Trügerisch

Trügerisch

Die Wolke
Die gerade etwas geweint hatte
Ließ sich die Tränen vom Wind trocknen
Und fuhr auf ihm ab

Er sagte: „Komm lass uns
Durch das Unbekannte ziehen
Und schauen
Ob wir Grenzen finden."

Die Wolke segelte mit dem Wind dahin
Durch himmelblaue Täler
Und schwarze Gebirge
Rosarot schwebte sie gerade
Über einem Gipfel
Als der Wind aufhörte zu blasen —
Er war an seine Grenze gestoßen

Die Wolke stürzte ab
Als Guss

Mildernde Umstände

Narrenfreiheit

Wir hatten große Narrenfreiheit
Wir haben sie nicht genutzt
Wir wollten Spaß und Gemeinsamkeit
Statt dessen hab'n wir geputzt

Du wolltest dass alles sauber ist
Das Hemd, die Wohnung, Vergangenheit.
Das wahre Leben blieb vermisst
Aus irrer Suche ward Einsamkeit

Auf der Suche warst du in jeder Minute
Nach der richtigen Frau in mir
Der Alkohol kreiste in unserem Blute
Wir waren gar nicht mehr hier

Gefangen im rotschwarzen Teufelskreis
Aus Verletzung Streit und Versöhnung
Die Luft brannte oftmals viel zu heiß
Das war wie eine Verhöhnung

Wie sehr ich dich liebte weiß ich noch gut
Ich liebe dich immer noch —
Es gehen vorbei Schmerz Trauer und Wut
Was bleibt ... das ist ein Loch

Wie frei bin ich?

Traum vom Loslassen

Mit dir
Möchte ich schweben
Nebeneinander umeinander
Miteinander

Uns gegenseitig auffangen
Im Himmel der Freiheit
Den wir uns gönnen
Das heißt loslassen —

Trotzdem habe ich Angst dich zu verlieren

Rückzug — ein Vorwand?

Weißt du
Jeder hat das Recht
Sich zurück zu ziehen und
Dinge auf sich wirken zu lassen.
Das ist der Rückzug für den es Zeit ist
Denn Entwicklung findet
In deiner Stille statt

Erkennst du aber auch
Deinen Rückzug aus Angst?
Angst davor
Durch die eigenen
Präsenz Reaktionen hervor zu rufen
Oder Berührungen ausgesetzt zu sein
Denen du dich nicht
Gewachsen fühlst?

Machtverhältnisse

Herrin sein
Das will ich nicht
Befehle erteilen
Will ich auch nicht

Ich möchte Partner sein
Statt Herrin
Möchte Wünsche äußern
Statt Befehle erteilen

Bitte hört mir zu
Wenn ich mir wünsche:
Achtet meine Meinung
Achtet meine Lebensform

Denn Sklave sein möchte ich auch nicht

Folgen der Angst

An den Perlenschnüren meiner Liebe
Ziehen die Gewichte
Meiner schwarzen Angst.
Sie sinken in die Falten frischen Lebens

Nie darf dies Geschmeide reißen
Mein' Lebtag hätte ich zu tun
Die schimmernden Kostbarkeiten
Einzusammeln und würde doch nur
Hilflos vor dem Durcheinander stehen
Und sie nie wieder auf dieselben
Schnüre reihen können

Auf Rosen gebettet

Rosen in der Psychiatrie (Blues)

Wer hat deinem Leben den Krieg erklärt
Ohne Hoffnung am Rande des Deckungsgrabens
Gefühlen und Wünschen sind der Eintritt verwehrt
Vorbei sind Zeiten des LEISEN Verzagens

Und er bleibt bei dir schenkt dir Lächeln und Rosen
Zaubert Frieden und Ruhe in dein Lebensbild

Ver-rückt in Lebenspositionen
Geschrien vor Verzweiflung und Angst
Dein „Ich" zerschossen von Schwadronen
Weißt nicht wem letzlich du das verdankst

Und er bleibt bei dir schenkt dir Lächeln und Rosen
Zaubert Frieden und Ruhe in dein Lebensbild

Heile heile Gänschen..

Scher aus

Merkst du noch, wie es dir geht?
Egal — die Planung heute steht
Kommst ins Büro, wirst Akrobat
Vollführst den täglichen Spagat
Jedem leihst du kurz dein Ohr
Rund um dich ein Wörtermoor
Gefesselt von Gedankenschlangen
Im Wunschnetz anderer gefangen

Wie sieht's aus, tut dir das gut?
Ich seh' dir fehlt noch etwas Mut.
Los — scher aus! Verlass' die Spur
Begib dich auf Entdeckertour.

Merkst du noch, wie es dir geht?
Wohin deine Lust dich weht?
Sitzt starr und steif im Blei der Angst
Spreng ihn, auch wenn du erstmal wankst
Dein Daseinslicht brennt wieder neu
Bleib' jetzt den eignen Wünschen treu
Komm' jetzt fange an zu beben
Tanz' hinein in Lust und Leben!

Ja ich seh' es geht dir gut
Du nimmst zusammen deinen Mut!
Los — scher aus! Verlaß' die Spur
Begib dich auf Entdeckertour

Julia Neumann — meine Katzenmammita

Katzen

Gastgedicht von Julia Neumann

Unsere Katzen sind verrückt
Und wir sind trotzdem entzückt.
Türen öffnen, Bäuchlein zeigen,
Tanzt im Garten einen Reigen!
Morgens an das Fenster klopfen,
Abends über'n Teppich hopsen.
Futter fressen, Vögel jagen,
Ist nie voll, der kleine Magen.
Nachts in Bäumen Sterne gucken,
Schnurrbarthaare müde zucken.
Langsam dann nach Hause trollen
Und im Korb zusammenrollen.
Wenn man ausgeschlafen hat,
Macht man wieder alles platt.

Fotograf unbekannt
Bearbeitung M. R. Flemming

Zwei Frauen

Zwei Frauen blicken in die Ferne
Sie sehen tatsächlich zwei kleine Sterne
Der eine heißt Hoffnung der andere Liebe
Die Frauen wünschen dass der Himmel so bliebe

Es ziehen die Wolken verdecken den Glanz
Das ist des Himmels Geistertanz
Die Geister sollen uns nicht erschrecken
Sollen nur unseren Willen aufwecken

Es wird jetzt hell der Tag bricht an
So dass man die Sterne nicht sehen kann
Zwei Frauen blicken in die Ferne
Und immer wieder sehn sie zwei Sterne

Ex & Hopp

Wieder mal zu früh geliebt Wieder mal zu schnell
Ich habe nicht genug gesiebt nun ist das Licht zu grell
Ich fühle mich geblendet
Beschissen dass es so endet

Du hielst dich nicht an dein Versprechen
Und ich muß das mit Tränen blechen
So geduldig hab' ich gewartet
Es war wohl doch schon etwas entartet

Deine Erklärung ist überflüssig
Denn ich bin des Wartens überdrüssig
Du hast dein Gesicht verloren
Denn du hast Ehrlichkeit geschworen

Du hast verspielt und mir tut es weh
Doch diese Spuren verschwinden im Schnee
Morgen hab' ich dich vergessen
Und werde von etwas Neuem besessen

Meine Augen brennen vom Weinen
Denn nun hab' ich wieder keinen
Auf den ich mich so freuen kann
Ich meine damit: keinen Mann

Meine Lippen sind dick sowie meine Lider
Ist dieses vorbei kehrt die Hoffnung wieder
Auf Lachen und Geborgenheit
Sag' mir warum ist's bis dort so weit?

Manchmal hoffe ich ich ende
Weil ich nicht weiß wann kommt die Wende
Habe ich nicht genug gelitten?
Was sind denn das für quälende Sitten

Ich brauche einen Wink von oben
Weil in mir die Gefühle toben
Sie zerrreissen mein Weinen zerreißen mein Lachen
Und können Zerstörung nur entfachen

Ich heule und saufe ich will nicht mehr leben
Doch irgendwie ist auch mein Weg eben
Tja so ist das mit Tarot und Sternen
Erst starten und dann das Alte entfernen

Herstellung und Verlag:
Books on Demand GmbH, Norderstedt
ISBN 978-3-8370-8690-4